LE DOIGT DE DIEU!

SUIVI DE

EDMOND

POÈMES EN VERS

Par M. Aimé CERF,

DÉDIÉS A MADAME DE RIEDMATTEN DE CRÈVECOEUR.

MARSEILLE

TYP. ET LITH. BARLATIER-FEISSAT PÈRE ET FILS,

Rue Venture, 19.

—

1872.

LE DOIGT DE DIEU!

SUIVI DE

EDMOND

POÈMES EN VERS

Par M. Aimé CERF,

DÉDIÉS A MADAME DE RIEDMATTEN DE CRÈVECOEUR.

MARSEILLE
TYP. ET LITH. BARLATIER-FEISSAT PÈRE ET FILS,
Rue Venture, 19.

—

1872

LE DOIGT DE DIEU!

———

Le Seigneur a parlé ! sa voix s'est fait entendre ;
Sur moi s'est arrêté son Doigt mystérieux.
Les cordes de mon luth vont de nouveau se tendre
Pour chanter sa louange en un hymne si tendre ;
        Quelle ira droit aux Cieux !

Votre voix, ô Seigneur, a fait vibrer mon âme
d'un doux tressaillement, indicible plaisir !
A votre voix je sens une céleste flamme
Qui fait qu'en des transports d'ivresse je me pâme
        Et désire mourir ! . . .

Oui, mourir ! pour errer dans la sphère nouvelle ;
Pour être aussi placé sous le Doigt protecteur
Et pour prier là-haut en faveur du fidèle
Qui sait se mériter, grâce à son pieux zèle,

        Un éternel bonheur ! ...

Seigneur ! vous m'entendez, exaucez ma prière !
Que votre Doigt sacré sur la tête des miens
Se repose un moment, avant que dans la bière
Leur corps soit déposé, sous cette froide pierre,

        Dernier de tous nos biens.

Ah ! c'est qu'il n'est plus temps, quand votre Doigt
De toucher ici bas le destin du mortel,   [oublie
D'espérer le bonheur dans la future vie !
L'âme proscrite alors, est à jamais bannie

        Du séjour éternel ! ! ! ...

Devenons donc meilleur, laissons là l'égoïsme
Qui nous rend si méchants, si fiers et orgueilleux.
N'attirons point sur nous l'éternel rigorisme.
Tâchons de nous gagner, par un saint héroïsme,

        La clémence de Dieu ! ...

L'homme toujours se plaint et toujours il désire ;
Plus le Doigt du Seigneur augmente son trésor,
Plus il est exigeant ; car sans cesse il soupire,
Il dessèche d'envie et soudain il expire

   En laissant tout son or ! ! ! ...

Le pauvre dit : « Seigneur, que votre Doigt me touche ;
« Donnez à mes enfants l'existence de miel ;
« J'arrose de mes pleurs ma misérable couche,
« La prière du cœur chaque jour par ma bouche

   « S'envole vers le Ciel ! ... »

Votre invisible Doigt commande à toutes choses
Seigneur, vous punissez les fautes des méchants ;
Mais vous récompensez qui sert vos saintes causes.
Du juste le chemin est tout jonché de roses

   Et de mystiques chants.

« Aussi, toi, belle fleur, tu subis l'influence
« Du Doigt Saint qui punit ou donne le pardon ;
« Qu'ai-je fait (me dis-tu), moi, dans mon existence,
« J'ignore le péché, car ma pauvre innocence

   « Est, hélas ! mon seul don ! »

« Je naquis, je le crois, dans une matinée,

« Le soleil trop ardent plus tard me vint flétrir ;

« Je rouvris ma corolle à la douce rosée,

« Des perles du Seigneur je fus toute arrosée,

      « Mais il fallut mourir ! ... »

Ainsi, tout obéit à son ordre suprême ;

Son Doigt puissant et bon nous marque le trépas.

Qu'à nos derniers moments, dans un délire extrême,

Notre bouche murmure : ô mon Dieu je vous aime !

      Et ne blasphémons pas ! ! ! ...

FIN

EDMOND.

—▷—★—◁—

« Ce n'est pas à rien faire un beau jour qu'on parvient,
« Ce n'est qu'en travaillant qu'on amasse du bien. »

A. C.

A toi, mon cher Edmond, je consacre ces vers ;
S'ils sont en harmonie avec ma pauvre tête,
S'ils se sentent encor de mes affreux revers,
Tu les excuseras en faveur du poète.

J'ai chanté le printemps ! j'ai chanté les amours,

Les premières surtout on y pense toujours.

J'ai chanté pour le pauvre, et j'ai chanté les riches ;

J'ai chanté des enfants les plus petites niches ;

J'ai chanté les amants, j'ai chanté les oiseaux,

J'ai chanté quand les vents font siffler les roseaux.

Quand l'orage, l'éclair et la mer en furie,

Font sombrer les vaisseaux, ou qu'il les incendie !...

Après la pluie aussi, j'ai chanté le beau temps !

Enfin j'ai tout chanté, comme un deux passe-temps !

Je veux ici chanter d'un homme pur la vie !

O muse inspire-moi, sois encor mon amie !

Prête moi tes accents pour cette fois encor,

Mon sujet est si beau, c'est une mine d'or ! !

C'était un beau matin, au lever de l'aurore !

Quand la voûte d'azur de pourpre se colore ;

Quand le vaste rideau de la nuit s'entr'ouvrait ;

Quand le char de Phébus, aux rayons d'or, entrait

Dans cet immense espace et qu'on nomme la sphère ;

Quand cette boule en feu semble embraser la terre !

Que pas un seul nuage au ciel ne vient ternir

L'éclat du jour prochain. Quel heureux avenir !

Tu sembles présager à l'enfant qui va naître,

O Dieu puissant et bon, ô notre divin Maître ! !

C'était donc ce jour-là qu'au bord de la Gironde,

Dans la belle Bordeaux, où le bon vin abonde,

Naquit le sage Edmond ; le baptême s'apprête,

Invités et parents ont mis l'habit de fête ;

Partout est la gaîté ; dans les yeux, dans le cœur ;

Chacun s'épanouit d'ineffable bonheur ;

Dans les yeux de l'époux, la bonne et tendre mère

Cherche un remercîment de celui qui fut père

Pour la troisième fois ! Soudain il l'embrassa...

Ce baiser fut très long ! ... Puis enfin l'on passa

D'une sainte ferveur à la cérémonie ! ...

Les chants religieux montaient en harmonie

Vers le trône de Dieu ! ! ! Quand tout fut terminé,

Selon l'antique usage, on servit le dîné.

Un saint homme, un savant, le front couvert d'un
[voile,

Dit au père d'Edmond : Vois-tu bien cette étoile

Briller au firmament d'un éclat tout nouveau,

C'est celle de ton fils... Son horizon est beau ! ! ! ...

Il sera le soutien de sa sœur, de son frère ;

Il te consolera dans tes jours de misère ;

Et quand, pauvre vieillard, ton front se courbera

Sous le fardeau des ans, il te protégera ;

L'Eternel, en ton fils, te donne un bien bon ange !

Pour le remercier, tu prieras en échange ! ! ! ...

Il se passa du temps, et puis Edmond grandit.

A l'école, il devint un fameux érudit ;

Les progrès qu'il faisait dépassaient l'espérance

Des maîtres d'études ; de toute l'assistance

Quand on le questionnait, c'était des compliments

A ne tarir jamais adressés aux parents.

Il joignait à l'esprit un heureux caractère ;

Il réprimait soudain un moment de colère.

Il était charitable et surtout très humain ;

Avec son condisciple il partageait son pain ;

Un devoir il faisait de son économie ;

Jamais de son prochain le bien lui fit envie.

Ses parents, le matin, lui donnaient un gros sous

Pour ses repas du jour ; il mangeait en-dessous

Son pain sec, pauvre enfant, en secret, sans rien dire ;

Puis il le déposait dans une tire-lire ! ...

Celui qui l'aurait vu tout seul chaque matin

Déposer son gros sous dans son petit butin ;

Et dire en soupirant : « Espoir et Patience ;

« Allons, encore un an de la même abstinence ;

« On ne le saura pas et bientôt mon trésor,

« Pourra se transformer en quelques pièces d'or ! ...

« Mais ma somme à présent me semble trop légère,

« Je ne puis pas l'offrir de sitôt à ma mère. »

Celui qui l'aurait vu (dis-je) dans ce moment

L'aurait pris pour un homme et non pour un enfant.

Son éducation, enfin, un jour s'achève ;

Il fallait un état à ce charmant élève ;

Comment le lui donner ? Son père n'avait rien ;

Son état d'horloger était son seul soutien ;

Mais bien pauvre horloger ! « Combien de fois, son
[père,

« Etouffait-il tout bas des soupirs de misère !

« C'était fait pour cela ! ... il comptait trois enfants !

« Que de nuits sans sommeil, mon Dieu ! que de
[tourments ! »

On choisit pour Edmond l'état du cartonnage.

On le mit tout d'abord, pour son apprentissage,

Chez un bon cartonnier ; et là, comme un devoir,

En deux ans il promit d'apprendre et tout savoir.

En effet, il devint un ouvrier habile ;

Il était si rangé, si sage et si docile,

Que chacun le voulait pour travailler chez lui.

Oui, mais l'ambition chez Edmond avait lui...

Il gagnait de l'argent ; il pouvait à son aise

Donner à ses parents un peu de son bien aise.

Maintenant il pensait à faire un avenir...

« En économisant, pourrais-je m'établir ? ... »

(Se disait-il souvent.) « Mais il faut de la peine...

« Je veux par mon labeur grossir chaque semaine ;

« Ce n'est pas en flânant qu'un beau jour l'on par-
[vient ;

« Ce n'est qu'en travaillant qu'on amasse du bien.

« Ouvrier aujourd'hui, demain je serai maître !

« Et quand j'en serai là ! ... qui sait ? bientôt peut-
[être...

« Allons donc, de l'espoir, je suis homme à présent !

« Je veux ne devoir tout qu'à moi, qu'à mon talent ! .»

C'est ainsi qu'à vingt ans pensait cette belle âme.

O vous, beaux étourdis, qu'une amoureuse flamme

Vous fait tout oublier pour des futilités ;

Vous ne savez donc pas que la fatalité

Peut vous jeter bien bas ! Prenez donc pour modèle

Edmond, des nobles cœurs, un exemple fidèle ! ...

Du sage, allait s'accomplir la prédiction.

Le moment arrivait pour la conscription.

Que lui faisait à lui ce jour sans importance !

Il était étranger, quoique né dans la France ;

Son père, à l'Allemagne appartenait toujours ;

C'était donc en riant, qu'il se rendit un jour

Où l'appelait le sort ; et dès ce moment même,

Définitivement résolut son problème ;

« Oui, je veux m'établir, » (dit-il résolument).

Ce qui fut dit fut fait, mais non pas sans tourments.

Il avait un ami, bon et brave jeune homme...

Ils possédaient tous deux à peu près même somme ;

Même cœur, même but, les unit désormais ;

Ils jurent d'arriver !... se désunir.... jamais !

Ils sont associés à la mort, à la vie !

Chacun conservera son état, sa partie :

Adolphe, relieur ; Edmond, cartonnier,

La même bourse enfin contiendra le denier ;

En s'entendant ainsi l'on doit faire fortune !

Suivons-les maintenant, dans la chambre commune,

Où leur petit noyau les force à commencer :

« Allons, mon cher Edmond, il faut, sans balancer,

« Courir chez Pierre, Paul, pour avoir de l'ouvrage,

« (Dit Adolphe, avec cœur,) » ami, prenons courage !

C'était plaisir à voir que ces deux jeunes gens,

L'un par l'autre animés, pour ce maudit argent !

Toujours gais et joyeux, et surtout sans vergogne ;

Mais en avançaient-ils, mon Dieu, de la besogne ! !

Ils firent tant et tant, qu'ils sont bien parvenus,

Et sont de tous côtés partout les bienvenus.

Aucun festin, dîner, à Bordeaux ne s'apprête,

Qu'ils ne soient aujourd'hui les héros de la fête ? . . .

Edmond goûte à présent l'ineffable bonheur.

Que donne le travail et son rude labeur.

Il fait partout du bien, et partout sa largesse.

Rend les pauvres heureux ; et les pauvres, sans cesse,

A prier Dieu pour lui remplissent leurs loisirs ;

N'est-ce pas pour nous tous le plus saint des plaisirs !

Il subvient, à lui seul, aux besoins de son père ;

Sa mère a du chagrin, ou bien sa sœur, son frère ;

Il les console tous d'une égale douceur ;

Bien souvent sa gaîté leur ranima le cœur ?

Ah ! la prédiction du sage est accomplie !

Notre héros est tout ce qu'il avait prédit !

Ma tâche maintenant, bien près d'être remplie,

N'ajoutera qu'un mot et puis tout sera dit ! ! . .

Toi qui sus captiver par ton esprit, ta grâce,

Faut-il, mon cher Edmond, que tout ici bas, passe.

Que n'es-tu donc classé parmi les immortels !...

Tes qualités, ami, sont rares aux mortels !

Là-haut, ta récompense est au trône des anges,

C'est au milieu d'eux que l'Eternel te range ! ! !

Dᵣ Aimé Cerf.

www.ingramcontent.com/pod-product-compliance
Lightning Source LLC
Chambersburg PA
CBHW061428170626
46811CB00005B/2175